La Duchesse de Palliano

Henri Beyle Stendhal

LA DUCHESSE DE PALLIANO

Palerme, le 22 juillet 1838.

Je ne suis point naturaliste, je ne sais le grec que fort médiocrement ; mon principal but, en venant voyager en Sicile, n'a pas été d'observer les phénomènes de l'Etna, ni de jeter quelque clarté, pour moi ou pour les autres, sur tout ce que les vieux auteurs grecs ont dit de la Sicile. Je cherchais d'abord le plaisir des yeux, qui est grand en ce pays singulier. Il ressemble, dit-on, à l'Afrique ; mais ce qui, pour moi, est de toute certitude, c'est qu'il ne ressemble à l'Italie que par les passions dévorantes. C'est bien des Siciliens que l'on peut dire que le mot impossible n'existe pas pour eux dès qu'ils sont enflammés par l'amour ou la haine, et la haine, en ce beau pays, ne provient jamais d'un intérêt d'argent.

Je remarque qu'en Angleterre, et surtout en France, on parle souvent de la passion italienne, de la passion effrénée que l'on trouvait en Italie aux seizième et dix-septième siècles. De nos jours, cette belle passion est morte, tout à fait morte, dans les classes qui ont été atteintes par l'imitation des mœurs françaises et des façons d'agir à la mode à Paris ou à Londres.

Je sais bien que l'on peut dire que, dès l'époque de Charles-Quint[1], Naples, Florence, et même Rome, imitèrent un peu les mœurs espagnoles ; mais ces habitudes sociales si nobles n'étaient-elles pas fondées sur le respect infini que tout homme digne de ce nom doit

---

1   1530.

avoir pour les mouvements de son âme ?

Bien loin d'exclure l'énergie, elles l'exagéraient, tandis que la première maxime des fats qui imitaient le duc de Richelieu, vers 1760, était de ne sembler émus de rien. La maxime des dandies anglais, que l'on copie maintenant à Naples de préférence aux fats français, n'est-elle pas de sembler ennuyé de tout, supérieur à tout ?

Ainsi la passion italienne ne se trouve plus, depuis un siècle, dans la bonne compagnie de ce pays-là.

Pour me faire quelque idée de cette passion italienne, dont nos romanciers parlent avec tant d'assurance, j'ai été obligé d'interroger l'histoire ; et encore la grande histoire faite par des gens à talent, et souvent trop majestueuse, ne dit presque rien de ces détails. Elle ne daigne tenir note des folies qu'autant qu'elles sont faites par des rois ou des princes. J'ai eu recours à l'histoire particulière de chaque ville ; mais j'ai été effrayé par l'abondance des matériaux. Telle petite ville vous présente fièrement son histoire en trois ou quatre volumes in-4° imprimés, et sept ou huit volumes manuscrits ; ceux-ci presque indéchiffrables, jonchés d'abréviations, donnant aux lettres une forme singulière, et, dans les moments les plus intéressants, remplis de façons de parler en usage dans le pays, mais inintelligibles vingt lieues plus loin. Car dans toute cette belle Italie où l'amour a semé tant d'événements tragiques, trois villes seulement, Florence, Sienne et Rome, parlent à peu près comme elles écrivent ; partout ailleurs la langue écrite est à cent lieues de la langue parlée.

Ce qu'on appelle la passion italienne, c'est-à-dire, la passion qui cherche à se satisfaire, et non pas à donner au voisin une idée magnifique de notre individu, commence à la renaissance de la société, au douzième siècle, et s'éteint du moins dans la bonne compagnie vers l'an 1734. À cette époque, les Bourbons vinrent régner à Naples dans la personne de don Carlos, fils d'une Farnèse, mariée, en secondes noces, à Philippe V, ce triste petit-fils de Louis XIV, si intrépide au milieu des boulets, si ennuyé, et si passionné pour la musique. On sait que pendant vingt-quatre ans le sublime castrat Farinelli lui chanta tous les jours trois airs favoris, toujours les mêmes.

Un esprit philosophique peut trouver curieux les détails d'une passion sentie à Rome ou à Naples, mais j'avouerai que rien ne me semble plus absurde que ces romans qui donnent des noms italiens à leurs personnages. Ne sommes-nous pas convenus que les passions varient toutes les fois qu'on avance de cent lieues vers le Nord ? L'amour est-il le même à Marseille et à Paris ? Tout au plus peut-on dire que les pays soumis depuis longtemps au même genre de gouvernement offrent dans les habitudes sociales une sorte de ressemblance extérieure.

Les paysages, comme les passions, comme la musique, changent aussi dès qu'on s'avance de trois ou quatre degrés vers le Nord. Un paysage napolitain paraîtrait absurde à Venise, si l'on était pas convenu, même en Italie, d'admirer la belle nature de Naples.

À Paris, nous faisons mieux, nous croyons que l'aspect des forêts et des plaines cultivées est absolument le même à Naples et à Venise, et nous voudrions que le Canaletto, par exemple, eût absolument la même couleur que Salvator Rosa.

Le comble du ridicule, n'est-ce pas une dame anglaise douée de toutes les perfections de son île, mais regardée comme hors d'état de peindre la haine et l'amour, même dans cette île : madame Anne Radcliffe donnant des noms italiens et de grandes passions aux personnages de son célèbre roman : le Confessionnal des Pénitents noirs ?

Je ne chercherai point à donner des grâces à la simplicité, à la rudesse parfois choquantes du récit trop véritable que je soumets à l'indulgence du lecteur ; par exemple, je traduis exactement la réponse de la duchesse de Palliano à la déclaration d'amour de son cousin Marcel Capecce. Cette monographie d'une famille se trouve, je ne sais pourquoi, à la fin du second volume d'une histoire manuscrite de Palerme, sur laquelle je ne puis donner aucun détail.

Ce récit, que j'abrège beaucoup, à mon grand regret[2], comprend les dernières aventures de la malheureuse famille Carafa, plutôt que l'histoire intéressante d'une seule passion. La vanité littéraire me dit que peut-être il ne m'eût pas été impossible d'augmenter l'intérêt de

---

2   Je supprime une foule de circonstances caractéristiques. (NdA)

plusieurs situations en développant davantage, c'est-à-dire en devinant et racontant au lecteur, avec détails, ce que sentaient les personnages.

Mais moi, jeune Français, né au nord de Paris, suis-je bien sûr de deviner ce qu'éprouvaient ces âmes italiennes de l'an 1559 ? Je puis tout au plus espérer de deviner ce qui peut paraître élégant et piquant aux lecteurs français de 1838.

Cette façon passionnée de sentir ce qui régnait en Italie vers 1559 voulait des actions et non des paroles. On trouvera donc fort peu de conversations dans les récits suivants. C'est un désavantage pour cette traduction, accoutumés que nous sommes aux longues conversations de nos personnages de roman ; pour eux, une conversation est une bataille. L'histoire pour laquelle je réclame toute l'indulgence du lecteur montre une particularité singulière introduite par les Espagnols dans les mœurs d'Italie. Je ne suis point sorti du rôle de traducteur. Le calque fidèle des façons de sentir du seizième siècle, et même des façons de raconter de l'historien, qui, suivant toute apparence, était un gentilhomme appartenant à la malheureuse duchesse de Palliano, fait, selon moi, le principal mérite de cette histoire tragique, si toutefois mérite il y a.

L'étiquette espagnole la plus sévère régnait à la cour du duc de Palliano. Remarquez que chaque cardinal, que chaque prince romain avait une cour semblable, et vous pourrez vous faire une idée du spectacle que présentait, en 1559, la civilisation de la ville de Rome. N'oubliez pas que c'était le temps où le roi Philippe II, ayant besoin pour une de ses intrigues du suffrage de deux cardinaux, donnait à chacun d'eux deux cent mille livres de rente en bénéfices ecclésiastiques.

Rome, quoique sans armée redoutable, était la capitale du monde. Paris, en 1559, était une ville de barbares assez gentils.

TRADUCTION EXACTE D'UN VIEUX RÉCIT ÉCRIT VERS 1566

Jean-Pierre Carafa, quoique issu d'une des plus nobles familles du royaume de Naples, eut des façons d'agir âpres, rudes, violentes et dignes tout à fait d'un gardeur de troupeaux. Il prit l'habit long[3] et s'en alla jeune à Rome, où il fut aidé par la faveur de son cousin Olivier Carafa, cardinal et archevêque de Naples. Alexandre VI, ce grand homme qui savait tout et pouvait tout, le fit son *cameriere*[4]. Jules II le nomma archevêque de Chieti ; le pape Paul le fit cardinal, et enfin, le 23 de mai 1555, après des brigues et des disputes terribles parmi les cardinaux enfermés au conclave, il fut créé pape sous le nom de Paul IV ; il avait alors soixante-dix-huit ans. Ceux mêmes qui venaient de l'appeler au trône de Saint-Pierre frémirent bientôt en pensant à la dureté et à la piété farouche, inexorable, du maître qu'ils venaient de se donner.

La nouvelle de cette nomination inattendue fit révolution à Naples et à Palerme. En peu de jours Rome vit arriver un grand nombre de membres de l'illustre famille Carafa. Tous furent placés ; mais, comme il est naturel, le pape distingua particulièrement ses trois neveux, fils du comte de Montorio, son frère.

Don Juan, l'aîné, déjà marié, fut fait duc de Palliano. Ce duché, enlevé à Marc-Antoine Colonna, auquel il appartenait, comprenait un grand nombre de villages et de petites villes. Don Carlos, le second des neveux de Sa Sainteté, était chevalier de Malte et avait fait la guerre ; il fut créé cardinal, légat de Bologne et premier ministre. C'était un homme plein de résolution ; fidèle aux traditions de sa famille, il osa haïr le roi le plus puissant du monde[5], et lui donna des preuves de sa haine. Quant au troisième neveu du nouveau pape, don Antonio Carafa, comme il était marié, le pape le fit marquis de

---

3   La soutane. (NdA)

4   À peu près ce que nous appellerions, dans nos mœurs, un officier d'ordonnance. (NdA)

5   Philippe II, roi d'Espagne et des Indes. (NdA)

Montebello. Enfin, il entreprit de donner pour femme à François, Dauphin de France et fils du roi Henri II, une fille que son frère avait eue d'un second mariage ; Paul IV prétendait lui assigner pour dot le royaume de Naples, qu'on aurait enlevé à Philippe II, roi d'Espagne. La famille Carafa haïssait ce roi puissant, lequel, aidé des fautes de cette famille, parvint à l'exterminer, comme vous le verrez.

Depuis qu'il était monté sur le trône de saint Pierre, le plus puissant du monde, et qui, à cette époque, éclipsait même l'illustre monarque des Espagnes, Paul IV, ainsi qu'on l'a vu chez la plupart de ses successeurs, donnait l'exemple de toutes les vertus. Ce fut un grand pape et un grand saint ; il s'appliquait à réformer les abus dans l'Église et à éloigner par ce moyen le concile général, qu'on demandait de toutes parts à la cour de Rome, et qu'une sage politique ne permettait pas d'accorder.

Suivant l'usage de ce temps trop oublié du nôtre, et qui ne permettait pas à un souverain d'avoir confiance en des gens qui pouvaient avoir un autre intérêt que le sien, les États de Sa Sainteté étaient gouvernés despotiquement par ses trois neveux. Le cardinal était premier ministre et disposait des volontés de son oncle ; le duc de Palliano avait été créé général des troupes de la sainte Eglise ; et le marquis de Montebello, capitaine des gardes du palais, n'y laissait pénétrer que les personnes qui lui convenaient. Bientôt ces jeunes gens commirent les plus grands excès ; ils commencèrent par s'approprier les biens des familles contraires à leur gouvernement. Les peuples ne savaient à qui avoir recours pour obtenir justice. Non seulement ils devaient craindre pour leurs biens, mais, chose horrible à dire dans la patrie de la chaste Lucrèce, l'honneur de leurs femmes et de leurs filles n'était pas en sûreté. Le duc de Palliano et ses frères enlevaient les plus belles femmes ; il suffisait d'avoir le malheur de leur plaire. On les vit, avec stupeur, n'avoir aucun égard pour la noblesse du sang, et, bien plus, ils ne furent nullement retenus par la clôture sacrée des saints monastères. Les peuples, réduits au désespoir, ne savaient pas à qui faire parvenir leurs plaintes, tant était grande la terreur que les trois frères avaient inspirée à tout ce qui approchait du pape : ils étaient insolents même envers les ambassadeurs.

Le duc avait épousé, avant la grandeur de son oncle, Violante de Cardone, d'une famille originaire d'Espagne, et qui, à Naples, appartenait à la première noblesse.

Elle comptait dans le Seggio di nido.

Violante, célèbre pour sa rare beauté et par les grâces qu'elle savait se donner quand elle cherchait à plaire, l'était encore davantage par son orgueil insensé. Mais il faut être juste, il eût été difficile d'avoir un génie plus élevé, ce qu'elle montra bien au monde en n'avouant rien, avant de mourir, au frère capucin qui la confessa. Elle savait par cœur et récitait avec une grâce infinie l'admirable Orlando de messer Arioste, la plupart des sonnets du divin Pétrarque, les contes du Pecorone, etc. Mais elle était encore plus séduisante quand elle daignait entretenir sa compagnie des idées singulières que lui suggérait son esprit.

Elle eut un fils appelé le duc de Cavi. Son frère, D. Ferrand, comte d'Aliffe, vint à Rome, attiré par la haute fortune de ses beaux-frères.

Le duc de Palliano tenait une cour splendide ; les jeunes gens des premières familles de Naples briguaient l'honneur d'en faire partie. Parmi ceux qui lui étaient les plus chers, Rome distingua, par son admiration, Marcel Capecce[6], jeune cavalier célèbre à Naples par son esprit, non moins que par la beauté divine qu'il avait reçue du ciel.

La duchesse avait pour favorite Diane Brancaccio, âgée alors de trente ans, proche parente de la marquise de Montebello, sa belle-sœur. On disait dans Rome que, pour cette favorite, elle n'avait plus d'orgueil ; elle lui confiait tous ses secrets.

Mais ces secrets n'avaient rapport qu'à la politique ; la duchesse faisait naître des passions, mais n'en partageait aucune.

Par les conseils du cardinal Carafa, le pape fit la guerre au roi d'Espagne, et le roi de France envoya au secours du pape une armée commandée par le duc de Guise.

Capecce était depuis longtemps comme fou ; on lui voyait commettre les actions les plus étranges ; le fait est que le pauvre jeune homme était devenu passionnément amoureux de la duchesse

---

6   Du Seggio di nido. (NdA)

sa maîtresse, mais il n'osait se découvrir à elle. Toutefois il ne désespérait pas absolument de parvenir à son but, il voyait la duchesse profondément irritée contre un mari qui la négligeait. Le duc de Palliano était tout-puissant dans Rome, et la duchesse savait, à n'en pas douter, que presque tous les jours les dames romaines les plus célèbres par leur beauté venaient voir son mari dans son propre palais, et c'était un affront auquel elle ne pouvait s'accoutumer.

Parmi les chapelains du saint pape Paul IV se trouvait un respectable religieux avec lequel il récitait son bréviaire. Ce personnage, au risque de se perdre, et peut-être poussé par l'ambassadeur d'Espagne, osa bien un jour découvrir au pape toutes les scélératesses de ses neveux. Le saint pontife fut malade de chagrin ; il voulut douter ; mais les certitudes accablantes arrivaient de tous côtés. Ce fut le premier jour de l'an 1559 qu'eut lieu l'événement qui confirma le pape dans tous ses soupçons, et peut-être décida Sa Sainteté.

Ce fut donc le propre jour de la Circoncision de Notre-Seigneur, circonstance qui aggrava beaucoup la faute aux yeux d'un souverain aussi pieux, qu'André Lanfranchi, secrétaire du duc de Palliano, donna un souper magnifique au cardinal Carafa, et, voulant qu'aux excitations de la gourmandise ne manquassent pas celles de la luxure, il fit venir à ce souper la Martuccia, l'une des plus belles, des plus célèbres et des plus riches courtisanes de la noble ville de Rome. La fatalité voulut que Capecce, le favori du duc, celui-là même qui en secret était amoureux de la duchesse, et qui passait pour le plus bel homme de la capitale du monde, se fût attaché depuis quelque temps à la Martuccia. Ce soir-là, il la chercha dans tous les lieux où il pouvait espérer la rencontrer. Ne la trouvant nulle part, et ayant appris qu'il y avait un souper dans la maison Lanfranchi, il eut soupçon de ce qui se passait, et sur le minuit se présenta chez Lanfranchi, accompagné de beaucoup d'hommes armés.

La porte lui fut ouverte, on l'engagea à s'asseoir et à prendre part au festin ; mais, après quelques paroles assez contraintes, il fit signe à la Martuccia de se lever et de sortir avec lui.

Pendant qu'elle hésitait, toute confuse et prévoyant ce qui allait arriver, Capecce se leva du lieu où il était assis, et, s'approchant de la jeune fille, il la prit par la main, essayant de l'entraîner avec lui.

Le cardinal, en l'honneur duquel elle était venue, s'opposa vivement à son départ ; Capecce persista, s'efforçant de l'entraîner hors de la salle.

Le cardinal premier ministre, qui, ce soir-là, avait pris un habit tout différent de celui qui annonçait sa haute dignité, mit l'épée à la main, et s'opposa avec la vigueur et le courage que Rome entière lui connaissait au départ de la jeune fille. Marcel, ivre de colère, fit entrer ses gens ; mais ils étaient Napolitains pour la plupart, et, quand ils reconnurent d'abord le secrétaire du duc et ensuite le cardinal que le singulier habit qu'il portait leur avait d'abord caché, ils remirent leurs épées dans le fourreau, ne voulurent point se battre, et s'interposèrent pour apaiser la querelle.

Pendant ce tumulte, Martuccia, qu'on entourait et que Marcel Capecce retenait de la main gauche, fut assez adroite pour s'échapper. Dès que Marcel s'aperçut de son absence, il courut après elle, et tout son monde le suivit.

Mais l'obscurité de la nuit autorisait les récits les plus étranges, et dans la matinée du 2 janvier, la capitale fut inondée des récits du combat périlleux qui aurait eu lieu, disait-on, entre le cardinal neveu et Marcel Capecce. Le duc de Palliano, général en chef de l'armée de l'Église, crut la chose bien plus grave qu'elle n'était, et comme il n'était pas en très bons termes avec son frère le ministre, dans la nuit même il fit arrêter Lanfranchi, et, le lendemain, de bonne heure, Marcel lui-même fut mis en prison.

Puis on s'aperçut que personne n'avait perdu la vie, et que ces emprisonnements ne faisaient qu'augmenter le scandale, qui retombait tout entier sur le cardinal. On se hâta de mettre en liberté les prisonniers, et l'immense pouvoir des trois frères se réunit pour chercher à étouffer l'affaire. Ils espérèrent d'abord y réussir ; mais, le troisième jour, le récit du tout vint aux oreilles du pape. Il fit appeler ses deux neveux et leur parla comme pouvait le faire un prince aussi pieux et profondément offensé.

Le cinquième jour de janvier, qui réunissait un grand nombre de cardinaux dans la congrégation du Saint Office, le saint pape parla le premier de cette horrible affaire, il demanda aux cardinaux présents comment ils avaient osé ne pas la porter à sa connaissance :

— Vous vous taisez ! et pourtant le scandale touche à la dignité suprême dont vous êtes revêtus ! Le cardinal Carafa a osé paraître sur la voie publique couvert d'un habit séculier et l'épée nue à la main. Et dans quel but ? Pour se saisir d'une infâme courtisane ?

On peut juger du silence de mort qui régnait parmi tous ces courtisans durant cette sortie contre le premier ministre. C'était un vieillard de quatre-vingts ans qui se fâchait contre un neveu chéri maître jusque-là de toutes ses volontés. Dans son indignation, le pape parla d'ôter le chapeau à son neveu.

La colère du pape fut entretenue par l'ambassadeur du grand-duc de Toscane, qui alla se plaindre à lui d'une insolence récente du cardinal premier ministre.

Ce cardinal, naguère si puissant, se présenta chez Sa Sainteté pour son travail accoutumé. Le pape le laissa quatre heures entières dans l'antichambre, attendant aux yeux de tous, puis le renvoya sans vouloir l'admettre à l'audience. On peut juger de ce qu'eut à souffrir l'orgueil immodéré du ministre. Le cardinal était irrité, mais non soumis ; il pensait qu'un vieillard accablé par l'âge, dominé toute sa vie par l'amour qu'il portait à sa famille, et qui enfin était peu habitué à l'expédition des affaires temporelles, serait obligé d'avoir recours à son activité. La vertu du saint pape l'emporta ; il convoqua les cardinaux, et, les ayant longtemps regardés sans parler, à la fin il fondit en larmes et n'hésita point à faire une sorte d'amende honorable :

— La faiblesse de l'âge, leur dit-il, et les soins que je donne aux choses de la religion, dans lesquelles, comme vous savez, je prétends détruire tous les abus, m'ont porté à confier mon autorité temporelle à mes trois neveux ; ils en ont abusé, et je les chasse à jamais.

On lut ensuite un bref par lequel les neveux étaient dépouillés de toutes leurs dignités et confinés dans de misérables villages. Le cardinal premier ministre fut exilé à Civita Lavinia, le duc de Palliano à Soriano, et le marquis à Montebello ; par ce bref, le duc était dépouillé de ses appointements réguliers, qui s'élevaient à soixante-douze mille piastres[7].

Il ne pouvait pas être question de désobéir à ces ordres sévères : les Carafa avaient pour ennemis et pour surveillants le peuple de Rome tout entier qui les détestait.

Le duc de Palliano, suivi du comte d'Aliffe, son beau-frère, et de Léonard del Cardine, alla s'établir au village de Soriano, tandis que la duchesse et sa belle-mère vinrent habiter Gallese, misérable hameau à deux petites lieues de Soriano.

Ces localités sont charmantes ; mais c'est un exil, et l'on était chassé de Rome où naguère on régnait avec insolence.

Marcel Capecce avait suivi sa maîtresse avec les autres courtisans dans le pauvre village où elle était exilée. Au lieu des hommages de Rome entière, cette femme, si puissante quelques jours auparavant, et qui jouissait de son rang avec tout l'emportement de l'orgueil, ne se voyait plus environnée que de simples paysans dont l'étonnement même lui rappelait sa chute. Elle n'avait aucune consolation ; son oncle était si âgé que probablement il serait surpris par la mort avant de rappeler ses neveux, et, pour comble de misère, les frères se détestaient entre eux. On allait jusqu'à dire que le duc et le marquis qui ne partageaient point les passions fougueuses du cardinal, effrayés par ses excès, étaient allés jusqu'à le dénoncer au pape leur oncle.

Au milieu de l'horreur de cette profonde disgrâce, il arriva une chose qui, pour le malheur de la duchesse et de Capecce lui-même, montra bien que, dans Rome, ce n'était pas une passion véritable qui l'avait entraîné sur les pas de la Martuccia.

Un jour que la duchesse l'avait fait appeler pour lui donner un ordre, il se trouva seul avec elle, chose qui n'arrivait peut-être pas deux fois dans toute une année. Quand il vit qu'il n'y avait personne dans la salle où la duchesse le recevait, Capecce resta immobile et silencieux. Il alla vers la porte pour voir s'il y avait quelqu'un qui pût les écouter dans la salle voisine, puis il osa parler ainsi :

— Madame, ne vous troublez point et ne prenez pas avec colère

---

7   Plus d'un million de 1838. (NdA)

les paroles étranges que je vais avoir la témérité de prononcer. Depuis longtemps je vous aime plus que la vie. Si, avec trop d'imprudence, j'ai osé regarder comme amant vos divines beautés, vous ne devez pas en imputer la faute à moi mais à la force surnaturelle qui me pousse et m'agite. Je suis au supplice, je brûle ; je ne demande pas du soulagement pour la flamme qui me consume, mais seulement que votre générosité ait pitié d'un serviteur rempli de déférence et d'humilité.

La duchesse parut surprise et surtout irritée :

— Marcel, qu'as-tu donc vu en moi, lui dit-elle, qui te donne la hardiesse de me requérir d'amour ? Est-ce que ma vie, est-ce que ma conversation se sont tellement éloignées des règles de la décence, que tu aies pu t'en autoriser une telle insolence ? Comment as-tu pu avoir la hardiesse de croire que je pouvais me donner à toi ou à tout autre homme, mon mari et seigneur excepté ? Je te pardonne ce que tu m'as dit, parce que je pense que tu es un frénétique ; mais garde-toi de tomber de nouveau dans une pareille faute, ou je te jure que je te ferai punir à la fois pour la première et pour la seconde insolence.

La duchesse s'éloigna transportée de colère, et réellement Capecce avait manqué aux lois de la prudence : il fallait faire deviner et non pas dire. Il resta confondu, craignant beaucoup que la duchesse ne racontât la chose à son mari.

Mais la suite fut bien différente de ce qu'il appréhendait. Dans la solitude de ce village, la fière duchesse de Palliano ne put s'empêcher de faire confidence de ce qu'on avait osé lui dire à sa dame d'honneur favorite, Diane Brancaccio. Celle-ci était une femme de trente ans, dévorée par des passions ardentes. Elle avait les cheveux rouges[8]. Elle aimait avec fureur Domitien Fornari, gentilhomme attaché au marquis de Montebello. Elle voulait le prendre pour époux ; mais le marquis et sa femme, auxquels elle avait l'honneur d'appartenir par les liens du sang, consentiraient-ils jamais à la voir épouser un homme actuellement à leur service ? Cet obstacle était insurmontable, du moins en apparence.

---

8   L'historien revient plusieurs fois sur cette circonstance qui lui semble expliquer toutes les folies de Diane Brancaccio. (NdA)

Il n'y avait qu'une chance de succès : il aurait fallu obtenir un effort de crédit de la part du duc de Palliano, frère aîné du marquis, et Diane n'était pas sans espoir de ce côté. Le duc la traitait en parente plus qu'en domestique. C'était un homme qui avait de la simplicité dans le cœur et de la bonté, et il tenait infiniment moins que ses frères aux choses de pure étiquette. Quoique le duc profitât en vrai jeune homme de tous les avantages de sa haute position, et ne fût rien moins que fidèle à sa femme, il l'aimait tendrement, et, suivant les apparences, ne pourrait lui refuser une grâce si celle-ci la lui demandait avec une certaine persistance.

L'aveu que Capecce avait osé faire à la duchesse parut un bonheur inespéré à la sombre Diane. Sa maîtresse avait été jusque-là d'une sagesse désespérante ; si elle pouvait ressentir une passion, si elle commettait une faute, à chaque instant elle aurait besoin de Diane, et celle-ci pourrait tout espérer d'une femme dont elle connaîtrait les secrets.

Loin d'entretenir la duchesse d'abord de ce qu'elle se devait à elle-même, et ensuite des dangers effroyables auxquels elle s'exposerait au milieu d'une cour aussi clairvoyante, Diane, entraînée par la fougue de sa passion, parla de Marcel Capecce à sa maîtresse, comme elle se parlait à elle-même de Domitien Fornari.

Dans les longs entretiens de cette solitude, elle trouvait moyen, chaque jour, de rappeler au souvenir de la duchesse les grâces et la beauté de ce pauvre Marcel qui semblait si triste ; il appartenait, comme la duchesse, aux premières familles de Naples, ses manières étaient aussi nobles que son sang, et il ne lui manquait que ces biens d'un caprice de la fortune pouvait lui donner chaque jour, pour être sous tous les rapports l'égal de la femme qu'il osait aimer.

Diane s'aperçut avec joie que le premier effet de ces discours était de redoubler la confiance que la duchesse lui accordait.

Elle ne manqua pas de donner avis de ce qui se passait à Marcel Capecce. Durant les chaleurs brûlantes de cet été, la duchesse se promenait souvent dans les bois qui entourent Gallese.

À la chute du jour, elle venait attendre la brise de mer sur les collines charmantes qui s'élèvent au milieu de ces bois et du sommet desquelles on aperçoit la mer à moins de deux lieues de distance.

Sans s'écarter des lois sévères de l'étiquette, Marcel pouvait se trouver dans ces bois ; il s'y cachait, dit-on, et avait soin de ne se montrer aux regards de la duchesse que lorsqu'elle était bien disposée par les discours de Diane Brancaccio. Celle-ci faisait un signal à Marcel.

Diane, voyant sa maîtresse sur le point d'écouter la passion fatale qu'elle avait fait naître dans son cœur, céda elle-même à l'amour voilent que Domitien Fornari lui avait inspiré.

Désormais elle se tenait sûre de pouvoir l'épouser. Mais Domitien était un jeune homme sage, d'un caractère froid et réservé ; les emportements de sa fougueuse maîtresse, loin de l'attacher, lui semblèrent bientôt désagréables. Diane Brancaccio était proche parente des Carafa ; il se tenait sûr d'être poignardé au moindre rapport qui parviendrait sur ses amours au terrible cardinal Carafa qui, bien que cadet du duc de Palliano, était, dans le fait, le véritable chef de la famille.

La duchesse avait cédé depuis quelque temps à la passion de Capecce, lorsqu'un beau jour on ne trouva plus Domitien Fornari dans le village où était relégué la cour du marquis de Montebello.

Il avait disparu : on sut plus tard qu'il s'était embarqué dans le petit port de Nettuno ; sans doute il avait changé de nom, et jamais depuis on n'eut de ses nouvelles.

Qui pourrait peindre le désespoir de Diane ? Après avoir écouté avec bonté ses plaintes contre le destin, un jour la duchesse de Palliano lui laissa deviner que ce sujet de discours lui semblait épuisé. Diane se voyait méprisée par son amant ; son coeur était en proie aux mouvements les plus cruels ; elle tira la plus étrange conséquence de l'instant d'ennui que la duchesse avait éprouvé en entendant la répétition de ses plaintes. Diane se persuada que c'était la duchesse qui avait engagé Domitien Fornari à la quitter pour toujours, et qui, de plus, lui avait fourni les moyens de voyager. Cette idée folle n'était appuyée que sur quelques remontrances que jadis la duchesse lui avait adressées. Le soupçon fut bientôt suivi de la vengeance. Elle demanda une audience au duc et lui raconta tout ce qui se passait entre sa femme et Marcel. Le duc refusa d'y ajouter foi.

— Songez, lui dit-il, que depuis quinze ans je n'ai pas eu le moindre reproche à faire à la duchesse ; elle a résisté aux séductions de la cour et à l'entraînement de la position brillante que nous avions à Rome : les princes les plus aimables, et le duc de Guise lui-même, général de l'armée française, y ont perdu leurs pas, et vous voulez qu'elle cède à un simple écuyer ?

Le malheur voulut que le duc s'ennuyant beaucoup à Soriano, village où il était relégué, et qui n'était qu'à deux petites lieues de celui qu'habitait sa femme, Diane put en obtenir un grand nombre d'audiences, sans que celles-ci vinssent à la connaissance de la duchesse. Diane avait un génie étonnant ; la passion la rendait éloquente. Elle donnait au duc une foule de détails ; la vengeance était devenue son seul plaisir. Elle lui répétait que, presque tous les soirs, Capecce s'introduisait dans la chambre de la duchesse sur les onze heures, et n'en sortait qu'à deux ou trois heures du matin. Ces discours firent d'abord si peu d'impression sur le duc, qu'il ne voulut pas se donner la peine de faire deux lieues à minuit pour venir à Gallese et entrer à l'improviste dans la chambre de sa femme.

Mais un soir qu'il se trouvait à Gallese, le soleil était couché, et pourtant il faisait encore jour, Diane pénétra tout échevelée dans le salon où était le duc. Tout le monde s'éloigna, elle lui dit que Marcel Capecce venait de s'introduire dans la chambre de la duchesse. Le duc, sans doute mal disposé en ce moment, prit son poignard et courut à la chambre de sa femme, où il entra par une porte dérobée. Il y trouva Marcel Capecce. À la vérité, les deux amants changèrent de couleur en le voyant entrer ; mais du reste, il n'y avait rien de répréhensible dans la position où ils se trouvaient. La duchesse était dans son lit occupée à noter une petite dépense qu'elle venait de faire ; une camériste était dans la chambre ; Marcel se trouvait debout à trois pas du lit.

Le duc furieux saisit Marcel à la gorge, l'entraîna dans un cabinet voisin, où il lui commanda de jeter à terre la dague et le poignard dont il était armé. Après quoi le duc appela des hommes de sa garde, par lesquels Marcel fut immédiatement conduit dans les prisons de Soriano.

La duchesse fut laissée dans son palais, mais étroitement gardée.

Le duc n'était point cruel ; il paraît qu'il eut la pensée de cacher l'ignominie de la chose, pour n'être pas obligé d'en venir aux mesures extrêmes que l'honneur exigerait de lui. Il voulut faire croire que Marcel était retenu en prison pour une tout autre cause, et prenant prétexte de quelques crapauds énormes que Marcel avait achetés à grand prix deux ou trois mois auparavant, il fit dire que ce jeune homme avait tenté de l'empoisonner.

Mais le véritable crime était bien trop connu, et le cardinal, son frère, lui fit demander quand il songerait à laver dans le sang des coupables l'affront qu'on avait osé faire à leur famille.

Le duc s'adjoignit le comte d'Aliffe, frère de sa femme, et Antoine Torando, ami de la maison. Tous trois, formant comme une sorte de tribunal, mirent en jugement Marcel Capecce, accusé d'adultère avec la duchesse.

L'instabilité des choses humaines voulut que le pape Pie IV, qui succéda à Paul IV, appartînt à la faction d'Espagne. Il n'avait rien à refuser au roi Philippe II, qui exigea de lui la mort du cardinal et du duc de Palliano.

Les deux frères furent accusés devant les tribunaux du pays, et les minutes du procès qu'ils eurent à subir nous apprennent toutes les circonstances de la mort de Marcel Capecce.

Un des nombreux témoins entendus dépose en ces termes :

— Nous étions à Soriano ; le duc, mon maître, eut un long entretien avec le comte d'Aliffe… Le soir, fort tard, on descendit dans un cellier au rez-de-chaussée, où le duc avait fait prépare les cordes nécessaires pour donner la question au coupable. Là se trouvaient le duc, le comte d'Aliffe, le seigneur Antoine Torando et moi.

Le premier témoin appelé fut le capitaine Camille Grifone, ami intime et confident de Capecce. Le duc lui parla ainsi :

— Dis la vérité, mon ami. Que sais-tu de ce que Marcel a fait dans la chambre de la duchesse ?

— Je ne sais rien ; depuis plus de vingt jours je suis brouillé avec Marcel.

Comme il s'obstinait à ne rien dire de plus, le seigneur duc appela du dehors quelques-uns de ses gardes. Grifone fut lié à la corde par le podestat de Soriano. Les gardes tirèrent les cordes, et, par ce moyen, enlevèrent le coupable à quatre doigts de terre. Après que le capitaine eut été ainsi suspendu un bon quart d'heure, il dit :

— Descendez-moi, je vais dire ce que je sais.

Quand on l'eut remis à terre, les gardes s'éloignèrent et nous restâmes seuls avec lui.

— Il est vrai que plusieurs fois j'ai accompagné Marcel jusqu'à la chambre de la duchesse, dit le capitaine, mais je ne sais rien de plus, parce que je l'attendais dans une cour voisine jusque vers les une heure du matin.

Aussitôt on rappela les gardes, qui, sur l'ordre du duc, l'enlevèrent de nouveau, de façon que ses pieds ne touchaient pas la terre. Bientôt le capitaine s'écria :

— Descendez-moi, je veux dire la vérité. Il est vrai, continua-t-il, que, depuis plusieurs mois, je me suis aperçu que Marcel fait l'amour avec la duchesse, et je voulais en donner avis à Votre Excellence ou à D. Léonard. La duchesse envoyait tous les matins savoir des nouvelles de Marcel ; elle lui faisait tenir de petits cadeaux, et, entre autres choses, des confitures préparées avec beaucoup de soin et fort chères ; j'ai vu à Marcel de petites chaînes d'or d'un travail merveilleux qu'il tenait évidemment de la duchesse.

Après cette déposition, le capitaine fut renvoyé en prison. On amena le portier de la duchesse, qui dit ne rien savoir ; on le lia à la corde, et il fut élevé en l'air. Après une demi-heure, il dit :

— Descendez-moi, je dirai ce que je sais.

Une fois à terre, il prétendit ne rien savoir ; on l'éleva de nouveau. Après une demi-heure on le descendit ; il expliqua qu'il y avait peu de temps qu'il était attaché au service particulier de la duchesse. Comme il était possible que cet homme ne sût rien, on le renvoya en prison. Toutes ces choses avaient pris beaucoup de temps à cause des gardes que l'on faisait sortir à chaque fois.

On voulait que les gardes crussent qu'il s'agissait d'une tentative d'empoisonnement avec le venin extrait des crapauds.

La nuit était déjà fort avancée quand le duc fit venir Marcel Capecce. Les gardes sortis et la porte dûment fermée à clef :

— Qu'avez-vous à faire, lui dit-il, dans la chambre de la duchesse, que vous y restez jusqu'à une heure, deux heures, et quelquefois quatre heures du matin ?

Marcel nia tout ; on appela les gardes, et il fut suspendu ; la corde lui disloquait les bras ; ne pouvant supporter la douleur, il demanda à être descendu ; on le plaça sur une chaise ; mais une fois là, il s'embarrassa dans son discours, et proprement ne savait ce qu'il disait. On appela les gardes qui le suspendirent de nouveau ; après un long temps, il demanda à être descendu.

— Il est vrai, dit-il, que je suis entré dans l'appartement de la duchesse à des heures indues ; mais je faisais l'amour avec la signora Diane Brancaccio, une des dames de Son Excellence, avec laquelle j'avais donné la foi de mariage, et qui m'a tout accordé, excepté les choses contre l'honneur.

Marcel fut reconduit à sa prison, où on le confronta avec le capitaine et avec Diane, qui nia tout.

Ensuite on ramena Marcel dans la salle basse ; quand nous fûmes près de la porte :

— Monsieur le duc, dit Marcel, Votre Excellence se rappellera qu'elle m'a promis la vie sauve si je dis toute la vérité. Il n'est pas nécessaire de me donner la corde de nouveau ; je vais tout vous dire.

Alors il s'approcha du duc, et, d'une voix tremblante et à peine articulée, il lui dit qu'il était vrai qu'il avait obtenu les faveurs de la duchesse. À ces paroles, le duc se jeta sur Marcel et le mordit à la joue ; puis il tira son poignard et je vis qu'il allait en donner des coups au coupable. Je dis alors qu'il était bien que Marcel écrivît de sa main ce qu'il venait d'avouer, et que cette pièce servirait à justifier Son Excellence. On entra dans la salle basse, où se trouvait ce qu'il fallait pour écrire ; mais la corde avait tellement blessé Marcel au bras et à la main, qu'il ne put écrire que ce peu de mots : Oui, j'ai trahi mon seigneur ; oui, je lui ai ôté l'honneur !

Le duc lisait à mesure que Marcel écrivait. À ce moment il se jeta sur Marcel et il lui donna trois coups de poignard qui lui ôtèrent la vie. Diane Brancaccio était là, à trois pas, plus morte que vive, et qui, sans doute, se repentait mille et mille fois de ce qu'elle avait fait.

— Femme indigne d'être née d'une noble famille ! s'écria le duc, et cause unique de mon déshonneur, auquel tu as travaillé pour servir à tes plaisirs déshonnêtes, il faut que je te donne la récompense de toutes tes trahisons.

En disant ces paroles, il la prit par les cheveux et lui scia le cou avec un couteau. Cette malheureuse répandit un déluge de sang, et enfin tomba morte.

Le duc fit jeter les deux cadavres dans un cloaque voisin de la prison.

Le jeune cardinal Alphonse Carafa, fils du marquis de Montebello, le seul de toute la famille que Paul IV eût gardé auprès de lui, crut devoir lui raconter cet événement. Le pape ne répondit que par ces paroles :

— Et de la duchesse, qu'en a-t-on fait ?

On pensa généralement, dans Rome, que ces paroles devaient amener la mort de cette malheureuse femme. Mais le duc ne pouvait se résoudre à ce grand sacrifice, soit parce qu'elle était enceinte, soit à cause de l'extrême tendresse que jadis il avait eue pour elle.

Trois mois après le grand acte de vertu qu'avait accompli le saint pape Paul IV en se séparant de toute sa famille, il tomba malade, et, après trois autres mois de maladie, il expira le 18 août 1559.

Le cardinal écrivait lettres sur lettres au duc de Palliano, lui répétant sans cesse que leur honneur exigeait la mort de la duchesse. Voyant leur oncle mort, et ne sachant pas quelle pourrait être la pensée du pape qui serait élu, il voulait que tout fût fini dans le plus bref délai.

Le duc, homme simple, bon et beaucoup moins scrupuleux que le cardinal sur les choses qui tenaient au point d'honneur, ne pouvait se résoudre à la terrible extrémité qu'on exigeait de lui. Il se disait que lui-même avait fait de nombreuses infidélités à la duchesse, et sans se donner la moindre peine pour les lui cacher, et que ces infidélités pouvaient avoir porté à la vengeance une femme aussi hautaine.

Au moment même d'entrer au conclave, après avoir entendu la messe et reçu la sainte communion, le cardinal lui écrivit encore qu'il se sentait bourrelé par ces remises continuelles, et que, si le duc ne se résolvait pas enfin à ce qu'exigeait l'honneur de leur maison, il protestait qu'il ne se mêlerait plus de ses affaires, et ne chercherait jamais à lui être utile, soit dans le conclave, soit auprès du nouveau pape. Une raison étrangère au point d'honneur put contribuer à déterminer le duc. Quoique la duchesse fut sévèrement gardée, elle trouva, dit-on, le moyen de faire dire à Marc-Antoine Colonna, ennemi capital du duc à cause de son duché de Palliano, que celui-ci s'était fait donner, que si Marc-Antoine trouvait moyen de lui sauver la vie et de la délivrer, elle, de son côté, le mettrait en possession de la forteresse de Palliano, où commandait un homme qui lui était dévoué.

Le 28 août 1559, le duc envoya à Gallese deux compagnies de soldats. Le 30, D. Léonard del Cardine, parent du duc, et D. Ferrant, comte d'Aliffe, frère de la duchesse, arrivèrent à Gallese, et vinrent dans les appartements de la duchesse pour lui ôter la vie. Ils lui annoncèrent la mort, elle apprit cette nouvelle sans la moindre altération. Elle voulut d'abord se confesser et entendre la sainte messe. Puis, ces deux seigneurs s'approchant d'elle, elle remarqua qu'ils n'étaient pas d'accord entre eux. Elle demanda s'il y avait un ordre du duc son mari pour la faire mourir.

— Oui, madame, répondit D. Léonard.

La duchesse demanda à le voir ; D. Ferrant le lui montra.[9]

Le frère Antoine de Pavie, capucin, déposa en ces termes :

— Après la messe où elle avait reçu dévotement la sainte communion, et tandis que nous la confortions, le comte d'Aliffe, frère de madame la duchesse, entra dans la chambre avec une corde

---

9   Je trouve dans le procès du duc de Palliano la déposition des moines qui assistèrent à ce terrible événement. Ces dépositions sont très supérieures à celles des autres témoins, ce qui provient, ce me semble, de ce que les moines étaient exempts de crainte en parlant devant la justice, tandis que tous les autres témoins avaient été plus ou moins complices de leur maître. (NdA)

et une baguette de coudrier grosse comme le pouce et qui pouvait avoir une demi-aune de longueur. Il couvrit les yeux de la duchesse d'un mouchoir, et elle, d'un grand sang-froid, le faisait descendre davantage sur ses yeux, pour ne pas le voir. Le comte lui mit la corde au cou ; mais, comme elle n'allait pas bien, le comte la lui ôta et s'éloigna de quelques pas ; la duchesse, l'entendant marcher, s'ôta le mouchoir de dessus les yeux, et dit :

— Eh bien donc ! que faisons-nous ?

Le comte répondit :

— La corde n'allait pas bien, je vais en prendre une autre pour ne pas vous faire souffrir.

Disant ces paroles, il sortit ; peu après il rentra dans la chambre avec une autre corde, il lui arrangea de nouveau le mouchoir sur les yeux, il lui remit la corde au cou, et, faisant pénétrer la baguette dans le nœud, il la fit tourner et l'étrangla.

La chose se passa, de la part de la duchesse, absolument sur le ton d'une conversation ordinaire.

Le frère Antoine de Salazar, autre capucin, termine sa déposition par ces paroles :

— Je voulais me retirer du pavillon par scrupule de conscience, pour ne pas la voir mourir ; mais la duchesse me dit :

— Ne t'éloigne pas d'ici, pour l'amour de Dieu.[10]

Il ajoute :

— Elle mourut comme une bonne chrétienne, répétant souvent : Je crois, je crois.

Les deux moines, qui apparemment avaient obtenu de leurs supérieurs l'autorisation nécessaire, répètent dans leurs dépositions que la duchesse a toujours protesté de son innocence parfaite, dans tous ses entretiens avec eux, dans toutes ses confessions, et particulièrement dans celle qui précéda la messe où elle reçut la sainte communion. Si elle était coupable, par ce trait d'orgueil elle se précipitait en enfer.

Dans la confrontation du frère Antoine de Pavie, capucin, avec D.

---

10 Ici le moine raconte les circonstances de la mort, absolument comme nous venons de les rapporter. (NdA)

Léonard de Cardine, le frère dit :

— Mon compagnon dit au comte qu'il serait bien d'attendre que la duchesse accouchât ; elle est grosse de six mois, ajouta-t-il, il ne faut pas perdre l'âme du pauvre petit malheureux qu'elle porte dans son sein, il faut pouvoir le baptiser.

À quoi le comte d'Aliffe répondit :

— Vous savez que je dois aller à Rome, et je ne veux pas y paraître avec ce masque sur le visage[11].

À peine la duchesse fut-elle morte, que les deux capucins insistèrent pour qu'on l'ouvrît sans retard, afin de pouvoir donner le baptême à l'enfant ; mais le comte et D. Léonard n'écoutèrent pas leurs prières.

Le lendemain la duchesse fut enterrée dans l'église du lieu, avec une sorte de pompe[12]. Cet événement, dont la nouvelle se répandit aussitôt, fit peu d'impression, on s'y attendait depuis longtemps ; on avait plusieurs fois annoncé la nouvelle de cette mort à Gallese et à Rome, et d'ailleurs un assassinat hors de la ville et dans un moment de siège vacant n'avait rien d'extraordinaire. Le conclave qui suivit la mort de Paul IV fut très orageux, il ne dura pas moins de quatre mois.

Le 26 décembre 1559, le pauvre cardinal Carlo Carafa fut obligé de concourir à l'élection d'un cardinal porté par l'Espagne et qui par conséquent ne pourrait se refuser à aucune des rigueurs que Philippe II demanderait contre lui cardinal Carafa. Le nouvel élu prit le nom de Pie IV.

Si le cardinal n'avait pas été exilé au moment de la mort de son oncle, il eût été maître de l'élection, ou du moins aurait été en mesure d'empêcher la nomination d'un ennemi.

Peu après, on arrêta le cardinal ainsi que le duc ; l'ordre de Philippe II était évidemment de les faire périr.

Ils eurent à répondre sur quatorze chefs d'accusation. On interrogea tous ceux qui pouvaient donner des lumières sur ces quatorze chefs. Ce procès, fort bien fait, se compose de deux

---

11 Avec cet affront non vengé. (NdA)

12 J'ai lu le procès-verbal. (NdA)

volumes in-folio, que j'ai lus avec beaucoup d'intérêt, parce qu'on y rencontre à chaque page des détails de mœurs que les historiens n'ont point trouvés dignes de la majesté de l'histoire. J'y ai remarqué des détails fort pittoresques sur une tentative d'assassinat dirigée par le parti espagnol contre le cardinal Carafa, alors ministre tout-puissant.

Du reste, lui et son frère furent condamnés pour des crimes qui n'en auraient pas été pour tout autre, par exemple, avoir donné la mort à l'amant d'une femme infidèle et à cette femme elle-même. Quelques années plus tard, le prince Orsini épousa la sœur du grand-duc de Toscane, il la crut infidèle et la fit empoisonner en Toscane même, du consentement du grand-duc son frère, et jamais la chose ne lui a été imputée à crime. Plusieurs princesses de la maison de Médicis sont mortes ainsi.

Quand le procès des deux Carafa fut terminé, on en fit un long sommaire, qui, à diverses reprises fut examiné par des congrégations de cardinaux. Il est trop évident qu'une fois qu'on était convenu de punir de mort le meurtre qui vengeait l'adultère, genre de crime dont la justice ne s'occupait jamais, le cardinal était coupable d'avoir persécuté son frère pour que le crime fût commis, comme le duc était coupable de l'avoir fait exécuter.

Le 3 de mars 1561, le pape Pie IV tint un consistoire qui dura huit heures, et à la fin duquel il prononça la sentence des Carafa en ces termes : *Prout in schedula*[13].

La nuit du jour suivant, le fiscal envoya au château Saint-Ange le barigel pour faire exécuter la sentence de mort sur les deux frères, Charles, cardinal Carafa, et Jean, duc de Palliano ; ainsi fut fait. On s'occupa d'abord du duc. Il fut transféré du château Saint-Ange aux prisons de Todinone, où tout était préparé ; ce fut là que le duc, le comte d'Aliffe et D. Léonard del Cardine eurent la tête tranchée.

Le duc soutint ce terrible moment non seulement comme un cavalier de haute naissance, mais encore comme un chrétien prêt à tout endurer pour l'amour de Dieu. Il adressa de belles paroles à ses deux compagnons pour les exhorter à la mort ; puis écrivit à son fils.

Le barigel revint au château Saint-Ange, il annonça la mort au

---

13 Qu'il en soit fait comme il est requis. (NdA)

cardinal Carafa, ne lui donnant qu'une heure pour se préparer. La cardinal montra une grandeur d'âme supérieure à celle de son frère, d'autant qu'il dit moins de paroles ; les paroles sont toujours une force que l'on cherche hors de soi. On ne lui entendit prononcer à voix basse que ces mots, à l'annonce de la terrible nouvelle :

— Moi mourir ! Ô pape Pie ! ô roi Philippe !

Il se confessa ; il récita les sept psaumes de la pénitence, puis il s'assit sur une chaise, et dit au bourreau :

— Faites.

Le bourreau l'étrangla avec un cordon de soie qui se rompit ; il fallut y revenir à deux fois. Le cardinal regarda le bourreau sans daigner prononcer un mot.[14]

---

14 Peu d'années après, le saint pape Pie V fit revoir le procès, qui fut cassé ; le cardinal et son frère furent rétablis dans tous leurs honneurs, et le procureur général, qui avait le plus contribué à leur mort, fut pendu. Pie V ordonna la suppression du procès ; toutes les copies qui existaient dans les bibliothèques furent brûlées ; il fut défendu d'en conserver sous peine d'excommunication ; mais le pape ne pensa pas qu'il avait une copie du procès dans sa propre bibliothèque, et c'est sur cette copie qu'ont été faites toutes celles que l'on voit aujourd'hui. (NdA)